Assyah en Ville

À la Découverte de L'Empathie

Par: Zeina El-Chaar

Illustré Par:

CHY Illustration & Design

Prénom:

_____

Éditeur: Green Fig
Pennsylvania, USA
www.gogreenfig.com
info@gogreenfig.com

Chers Parents Et Éducateurs,

C'est avec plaisir que nous vous accueillons de nouveau dans cet album qui s'adresse à vous et à vos enfants. L'objectif est de les aider à développer leur empathie et leur compassion, tout en mettant en pratique le Hadith du Prophète qui dit: «La foi de l'un d'entre vous ne sera complète que lorsqu'il aime pour les autres ce qu'il aime pour lui-même». Nous vous encourageons à utiliser la lecture de cet album comme un moment de connexion avec votre enfant, favorisant ainsi une discussion approfondie, alimentant sa réflexion et partageant de nombreux exemples de la vie quotidienne. N'hésitez pas à donner l'exemple en étant un modèle dans vos actions et vos choix de mots, car vos actions auront plus d'impact que vos paroles.

L'empathie chez les enfants est une qualité qui se construit progressivement et se renforce, principalement grâce à l'encadrement et à l'enseignement de l'entourage. Elle se manifeste par la capacité à comprendre les émotions des autres, à y être sensible et à être capable de se mettre à la place de l'autre. Grâce à l'empathie, l'enfant comprend l'impact positif et négatif de ses actions sur autrui. Comment se développe-t-elle? Tout d'abord, en recevant lui-même de la compassion, de l'amour et de la bienveillance de votre part. Ainsi, un solide sentiment d'attachement sécurisant peut se former, servant de base pour que votre enfant puisse offrir à son tour cette compassion et cette bienveillance. Deuxièmement, votre enfant commence à comprendre ses propres besoins, émotions et façons de communiquer avec les autres. Le rôle des adultes est de l'aider à réguler ses émotions et à comprendre ce qui se passe en lui. Par la suite, à mesure que l'intelligence émotionnelle se développe, l'enfant acquiert des compétences sociales, telles que le partage, l'affirmation de soi, l'offre d'aide, l'approche des autres, etc.

Les premières années de sa vie sont une période précieuse pour aider l'enfant à développer sa compréhension des autres, à apprendre à se mettre à leur place, à comprendre leurs besoins et à développer le sens de l'entraide, de l'empathie, voire même à aimer pour les autres ce qu'il aime pour lui-même, et à agir en conséquence. Voici quelques suggestions que vous pouvez appliquer dès maintenant, quel que soit l'âge de votre enfant.

Zeina El-Chaar M.sc. Ps.ed

Stratégies et pistes pour les parents et les éducateurs afin de développer l'empathie chez les enfants:

- Raconter des histoires mettant en avant des modèles positifs et des personnalités de notre histoire. Expliquer aux enfants leurs bons comportements.

- Poser des questions à l'enfant telles que: "Comment te sentirais-tu dans cette situation?" ou "D'après toi, comment se sent-il/elle?"

- Offrir à l'enfant des occasions de faire preuve d'empathie, sans trop le forcer. Laisser l'enfant agir de manière altruiste à son propre rythme. Par exemple: "Voudrais-tu donner tes anciens jouets à des enfants dans le besoin?"

- Expliquer à l'enfant les bienfaits de ses actions, sans exagérer leur propre mérite. Par exemple: "Les gens se sentent soulagés lorsqu'ils reçoivent de l'aide en période de besoin."

- Profiter des différentes occasions pour faire preuve de générosité, sans rien attendre en retour. Votre enfant vous observe et voudra vous imiter. Par exemple: pendant l'Eid, le Mawlid, le Ramadan ou la rentrée scolaire.

- Faire preuve de générosité envers votre enfant et lui montrer que vous l'appréciez en tant que personne. Parlez positivement de lui aux autres membres de la famille. Un enfant qui se sent aimé aura plus tendance à aimer les autres en retour.

- Attendre que l'enfant soit calme et réceptif (c'est-à-dire qu'il ait géré ses propres émotions) pour lui parler des émotions des autres et de l'impact de son comportement. Plus l'enfant est jeune et plus il est submergé par une situation, moins il sera en mesure de se mettre à la place de l'autre.

- Expliquer dès son jeune âge la notion de sincérité dans les actions, en ne cherchant que l'agrément de Dieu.

- En tant que famille, participer au bénévolat ou contribuer à un projet caritatif.

- Jouer à des jeux de société collaboratifs avec votre enfant.

Pièges à **éviter:**

- Évitez de culpabiliser l'enfant ou de le comparer aux autres s'il ne fait pas preuve d'empathie, car cela peut le faire se sentir rabaissé. Par exemple: "Tu es le seul qui ne le fait pas" ou "Tu vois, ton cousin partage ses jouets." Au lieu de cela, proposez-lui des façons d'agir différemment.

- Ne forcez pas l'enfant à aller vers les autres trop rapidement. Respectez le rythme de votre enfant, car ils sont tous différents. Progressez graduellement et par petites étapes pour lui permettre de réussir. Par exemple, ne forcez pas un enfant très timide à offrir de la nourriture aux invités.

- Évitez de faire trop d'éloges ou de valoriser excessivement l'enfant après une bonne action. Soyez attentifs à ne pas exagérer; soyez discrets. Un simple remerciement ou le fait de mentionner que vous êtes fiers de lui peut suffire.

- Évitez de médire des gens en présence de votre enfant ou d'attribuer de mauvaises intentions aux gens. Par exemple: "Si quelqu'un a agi ainsi avec nous, c'est certain qu'il ne nous aime pas ou qu'il est jaloux." Au lieu de cela, encouragez un discours positif et compréhensif envers les autres.

Les phrases qui peuvent être dites pour soutenir ce processus chez les enfants:

- Je suis fier d'être ton parent.

- Tu es un bon enfant. Que Dieu te protège.

- Tes actions sont très bénéfiques et ont sûrement apporté du réconfort.

- J'admire ton courage et ton empathie.

- Comment puis-je t'aider à réaliser ce que tu veux faire? (Soutenir le projet d'entraide).

- Nous faisons de notre mieux. C'est Dieu qui est Le Créateur de la substinance et de l'aide.

- Tout comme nous recevons de nombreuses bénédictions, nous en apportons aux autres.

- Je fais des supplications pour toi. Que Dieu te guide sur le droit chemin.

- Je crois en toi et en tes rêves.

- Je suis là pour toi, tu peux compter sur moi.

"Allez, on se réveille, la belle Assyah!" C'est le papa de Assyah qui ouvre grand les rideaux pour la réveiller. C'est aujourd'hui la grande journée durant laquelle elle va aller avec lui au travail. Ils doivent se rendre sur le grand chantier qui est au centre-ville, où son père aide à construire un grand hôpital.

"Oui, papa! Je me réveille", dit Assyah, les yeux encore empreints de fatigue, alors qu'elle s'étire et baille, en portant attention à mettre sa main sur sa bouche.

"Es-tu certaine de toujours vouloir venir avec moi? Ce sera une longue journée, je dois vérifier l'état des travaux, et nous passerons la journée au centre-ville."

"Oui, papa, je suis certaine. J'ai hâte d'aller voir les grands bâtiments et de voir où tu travailles. Et j'ai surtout hâte de prendre le métro avec toi", répond Assyah.

"Très bien. Allons-y alors. N'oublie pas tes collations, ton eau, et ta veste au cas où il fait froid."

Assyah est habituée à préparer ses affaires elle-même, et elle sait ce dont elle a besoin lorsqu'elle a faim, qu'elle a froid, ou qu'elle est fatiguée. Alors, aussitôt que tout est prêt, elle et son père se dirigent vers l'autobus pour une belle et longue journée.

Assyah est curieuse de ce qu'elle va découvrir. Elle regarde par la fenêtre avec de grands yeux, alors que le chauffeur laisse entrer différents passagers pour les déposer à la station de métro.

En regardant par la fenêtre, elle aperçoit une personne âgée qui essaie de traverser la rue, et qui attend que les voitures s'arrêtent. Elle la regarde attentivement et se dit que cette personne doit avoir besoin d'aide.

Le chauffeur continue son chemin, et au moment d'arriver à l'arrêt du métro, il annonce aux passagers qu'ils sont arrivés et leur demande de descendre. Assyah et son père remercient le chauffeur et descendent vers le métro.

Assyah est impressionnée. Comme c'est grand et mouvementé. Il y a des gens partout. Elle serre donc la main de son père encore plus fort, ressentant une certaine peur dans son cœur.

Assyah aperçoit alors une dame avec un gros ventre, qui soupire alors qu'elle se frotte le dos. De l'autre main, elle tiens une poussette avec un jeune enfant dedans. Elle la regardé attentivement et se dit qu'elle doit être fatiguée. "Cette maman a besoin de se reposer", pense-t-elle. Elle lui fait un petit sourire timide avant de tourner le visage. Elle observe aussi le jeune homme qui lui cède sa place dans le métro.

Après environ 20 minutes, une voix annonce que les passagers sont maintenant arrivés au centre-ville.

"Nous sommes arrivés, papa ? Je vais enfin voir le chantier de l'hôpital ?", demande Assyah.

"Oui, ma chérie. Reste proche de moi, et on y va", dit son père.

En quittant le métro et en se dirigeant vers les grandes avenues du centre-ville, Assyah aperçoit alors un homme assis par terre. Il a plusieurs sacs autour de lui, semble triste et découragé, et ses mains et son visage sont assez sales. Assyah l'observe avec de grands yeux.

"Papa, qu'est-ce qu'il a, cet homme? Pourquoi il s'assoit par terre comme ça?", interroge-t-elle d'une voix hésitante.

"Ma chérie, c'est une personne sans abri. Ce monsieur n'a donc pas de maison et vit dans la rue. Il cherche alors sa nourriture au jour le jour", dit son père.

Assyah ressent son cœur se serrer un peu. Elle le regarde attentivement et se dit que cette personne a besoin de manger et de se laver. Elle lui fait aussi un petit sourire timide et continue son chemin, alors que son père dépose de l'argent devant lui.

Arrivée au chantier, Assyah est éblouie par le grand immeuble qui sera l'hôpital que son père est en train d'aider à construire. Elle regarde toutes les lumières et les nombreuses voitures qui attendent dans l'embouteillage. Elle voit aussi les grandes tours et les immeubles. Elle entend les klaxons des voitures et les gens qui parlent fort. Son père lui montre le travail qui est fait et lui propose de se reposer dans un bureau bien aéré.

Ouf, elle ressent un petit soulagement, car il fait très chaud et il y a beaucoup de poussière. Par la fenêtre, elle voit un travailleur parler au téléphone et pleurer. Son père lui explique que c'est un travailleur étranger qui a voyagé pour travailler ici, et qu'il n'a pas vu ses enfants depuis cinq mois. Elle le regarde attentivement et se dit que cet homme doit être triste, et qu'il a besoin de réconfort. Assyah ressent un petit pincement dans son cœur.

Une longue journée passe. Papa a enfin fini de travailler ! Assyah est fatiguée et a hâte d'aller au grand parc du centre-ville avec son père, où il lui avait promis de passer pour manger et jouer un peu. Assyah parle à son père de tout ce qu'elle a vu, elle marche vite et regarde tous les grands arbres du parc.

Tout à coup, elle aperçoit un jeune garçon, proche du vendeur de crème glacée. Il semble être de son âge. Il a des cheveux bruns, est habillé d'un chandail rouge et d'un pantalon bleu. Et il est assis dans une chaise ayant de grandes roues de chaque côté. C'est un fauteuil roulant.

Le garçon est seul, assis et ne parle à personne. Elle le regarde attentivement et tourne ses yeux dans la même direction que lui. Elle voit donc un groupe d'enfants qui font voler de beaux cerfs-volants colorés. Les enfants courent, rient et tournent en rond.

Ils ont l'air tellement heureux. Et là, elle se tourne vers l'enfant, et voit qu'il est assis là, ne disant aucun mot. Elle ressent alors son cœur se serrer de nouveau.

C'est à ce moment-là que son père l'appelle de loin, pour rentrer à la maison. "Ce fut une longue journée, Assyah. Allez, rentrons maintenant", dit-il.

Assyah ne dit aucun mot. Elle suit son père, le remercie pour cette journée, et continue son chemin. Toutefois, quelque chose est différent en elle. Elle n'a pas envie de rire et de parler comme durant la matinée. Assyah ne peut pas arrêter de penser à cet enfant. Elle ne sait pas s'il était triste, ennuyé ou simplement calme. Elle commence à se demander s'il aurait voulu jouer comme les autres.

Arrivée à la maison, Assyah se prépare pour aller dormir. Son cœur est encore un peu serré. Elle décide alors d'en parler à son père.

"Papa, te souviens-tu lorsque je te parlais des personnes que j'ai vues aujourd'hui? Il y avait un enfant dans le parc aussi. Il regardait les autres enfants jouer avec leur cerf-volant, et lui restait là, à ne rien faire, parce qu'il était dans son fauteuil roulant. Je me demande comment il se sent", dit Assyah.

"Tu sais, ma belle fille, ce que tu as fait aujourd'hui, c'est te mettre dans les chaussures des autres personnes", explique son père.

"Quoi? Les chaussures?", dit Assyah toute confuse.

"Oui. Tu as pensé à leurs besoins, à ce que tu aurais voulu si tu étais eux. Comme lorsque tu as vu la personne âgée qui traversait la rue, et elle avait besoin d'aide. Et la maman avec les bébés, qui avait besoin de repos. Et la personne sans abri, qui avait besoin de manger. Et le travailleur, qui avait besoin de réconfort. Tu as réussi à te mettre à leur place, et à les comprendre. Tu t'es mise dans leurs chaussures. C'est ce qu'on appelle l'empathie, ma chérie."

"Tu sais, notre Prophète nous a enseigné à faire preuve d'empathie envers les autres, et à vouloir pour eux ce que l'on veut pour nous. Il dit, dans un Hadith, ce qui signifie, que la foi de l'un ne sera complète que lorsqu'il aime pour les autres ce qu'il aime pour lui. Je suis content de voir que tu penses aux autres de cette manière", poursuit son père.

Assyah écoute attentivement. Elle pense encore à ce petit garçon. Elle pense à ce qu'il aurait aimé et voulu. Elle y pense encore et encore. Et c'est alors qu'elle s'endort de fatigue.

Le lendemain matin, au lever du soleil, Assyah se réveille en sursaut, avec de grands yeux ouverts. Elle ressent encore le cœur serré, mais sait maintenant que c'est parce qu'elle se dit que le garçon doit être triste et qu'il a besoin de plaisir lui aussi.

Elle court alors aussitôt vers son père, qui est déjà dans la cuisine en train de boire son café.

"Papa, papa ! J'ai une idée. S'il te plaît, laisse-moi venir avec toi au travail aujourd'hui aussi, mais je veux passer au magasin de jouets avant", dit Assyah.

Son père fait un grand sourire de côté. Il a bien compris ce que veut faire sa fille et accepte sans dire un mot.

Assyah s'habille rapidement et fait le même chemin que la veille, pour enfin arriver dans le grand centre-ville.

"Nous voici ! S'il te plaît, papa, peut-on retourner au parc à ta pause?", demande Assyah.

Son père ne veut pas lui dire non. Il lui fait un gros clin d'œil, comme pour dire "BIEN SÛR".

 MENU

Après une longue journée, Assyah arrive enfin au parc. Elle a un gros sac et un grand sourire sur les lèvres.

Tout à coup, à sa grande surprise, elle s'aperçoit que le garçon n'est pas là. Elle regarde partout, fait le tour du parc, et il n'y a aucun signe de sa présence.

Son père lui suggère de demander au vendeur de crème glacée. Il la prend par la main et va lui parler.

"Ce garçon, c'est Dylan. C'est mon neveu. Il vient me tenir compagnie parfois. Dylan est orphelin, et ma femme et moi nous occupons de lui. Il est resté à la maison aujourd'hui."

Assyah a alors un regard déçu. Elle aurait voulu lui montrer la surprise.

"Il sera là demain par contre", dit alors le vendeur de crème glacée, alors que Assyah et son père échangent un regard complice.

"D'accord, merci monsieur. Bonne journée."

Assyah quitte alors avec son père, main dans la main.

Comme sur une mission, Assyah fait le même chemin pour une troisième journée encore. Elle retourne au centre-ville, prend l'autobus, descend dans le métro, va sur le chantier de construction, et attend dans la salle où son père travaille.

À la fin de la journée, à sa grande surprise, Dylan est là, dans le parc, à la même place. Il a toujours le même regard triste et le même visage. Il est aux côtés de son oncle, assis là, regardant les passants et les animaux dans le parc.

Avec beaucoup de courage, Assyah s'approche de lui et se présente.

"Moi, c'est Assyah. Comment tu t'appelles?", dit-elle.

"Moi, c'est Dylan", répond-il avec un regard surpris.

"Ton oncle nous a dit que tu serais là aujourd'hui. Je sais que tu ne me connais pas, mais je veux t'offrir quelque chose. Je sais que moi, j'aurais voulu l'avoir, donc je veux te le donner."

Le jeune garçon est un peu gêné. Il découvre ce qui se trouve le sac, alors que ses yeux s'ouvrent de plus en plus, et un sourire se dessine sur son visage. Il aperçoit un grand cerf-volant coloré, encore plus grand que tous ceux qu'il avait vu auparavant.

Avec un air d'émerveillement, il regarde Assyah et son père, et les remercie chaleureusement. Avec le plus grand sourire encore sur ses lèvres, il s'empresse de déballer le jouet et le découvre en disant des "wow" et des "ooh".

Assyah n'a plus le cœur serré. Elle ressent à ce moment une joie similaire à celle du garçon. Elle est heureuse d'avoir fait ce beau geste pour l'enfant, et ressent comme si elle-même avait reçu ce cadeau, la même joie et le même plaisir. Elle est aussi contente d'appliquer les enseignements de son Prophète bien-aimé et d'aider les autres.

Pour le reste de l'après-midi, les deux enfants s'amusent comme des petits écureuils. Assyah pousse le garçon dans sa chaise, alors qu'il essaie de faire voler le cerf-volant le plus haut possible. Quel bel après-midi que tous les deux ne sont pas près d'oublier!

La Fin

Stratégies pour les enfants:

Les questions à se poser avant d'agir:

- Si c'était moi, qu'aurais-je voulu?
- Comment cette personne peut-elle se sentir?
- De quoi cette personne peut-elle avoir besoin?
- Comment puis-je aider?
- Est-ce que cette personne souhaite réellement mon aide ou préfère-t-elle de l'espace?
- Quelle bonne action puis-je accomplir pour ma famille?
- Quelle bonne action puis-je réaliser pour ma communauté et mes amis?
- Est-ce que je fais (...) pour la bonne raison, parce que je suis sincère?

Comment puis-je aider, être empathique et appliquer le Hadith de mon Prophète:

- Donner mes anciens jouets, avec la permission de mes parents, en ayant de bonnes intentions. Je peux même en offrir un nouveau à un enfant qui l'apprécie.

- Aider une personne âgée à traverser la rue.

- Aider mes parents à préparer le repas.

- Retirer de la rue ce qui pourrait gêner ou blesser les autres.

- Aider mon frère ou ma sœur avec leurs devoirs ou leurs tâches.

- Si j'ai de l'eau, je peux offrir à boire à une personne qui en a autant besoin que moi, en premier.

- Préparer un gâteau et le donner entièrement à mes voisins.

- Laisser d'autres amis jouer en premier et attendre mon tour.

- Consoler un ami qui est triste. L'écouter et lui demander si je peux l'aider.